Bóris e Dóris

Luiz Vilela

Bóris e Dóris

NOVELA

EDITORA RECORD
RIO DE JANEIRO • SÃO PAULO
2006

Cip-Brasil. Catalogação-na-fonte
Sindicato Nacional dos Editores de Livros, RJ.

V755b Vilela, Luiz, 1942-
Bóris e Dóris / Luiz Vilela. – Rio de Janeiro : Record, 2006.

ISBN 85-01-07487-X

1. Romance brasileiro. I. Título.

CDD 869.93
06-0544 CDU 821.134.3(81)-3

EDITORA RECORD LTDA.
Rua Argentina 171 – Rio de Janeiro, RJ – 20921-380 – Tel.: 2585-2000

Impresso no Brasil

ISBN 85-01-07487-X

PEDIDOS PELO REEMBOLSO POSTAL
Caixa Postal 23.052
Rio de Janeiro, RJ – 20922-970

— Muito bem — ele disse, pegando o garfo e a faca.

— Você vai comer só isso? — ela perguntou.

— É claro que não — ele respondeu, olhando para o pratinho com a fatia de melão.

— Coma um pedaço do bolo de chocolate — ela disse. — O bolo está uma delícia.

— E o meu colesterol? O meu colesterol também está uma delícia.

— Um pedaço de bolo não vai te matar, Bóris.

— Como você sabe? Você é Deus?

— Não. Deus eu não sou: eu sou deusa.

— Deusa... — ele disse, espetando mais um pedaço de melão.

— Pelo menos era assim que você me chamava.

— Era: há dois séculos atrás.

— "Há dois séculos atrás" é errado, Bóris. Ou a gente diz: "Há dois séculos." Ou a gente diz: "Dois séculos atrás."

— Eu sei, fessora; foi um lapso.

— Fessora... De deusa baixei para fessora. Que decadência, hem?

— O que você quer? — ele disse, mastigando e olhando para ela. — Você acha que você ainda tem vinte anos, Dóris?

— Não.

— Você acha que você ainda tem aqueles peitos empinados e aquela bunda arrebitada?

— E você?

— Eu? Eu o quê? Peitos eu não tenho; agora, bunda... Bunda, a minha sempre foi achatada, tanto é que lá no clube eles me chamavam de Bunda Chata.

— Sua idade, Bóris...

— Minha idade? Sessenta, como você sabe, e está ótimo que seja assim: estou pronto para outros sessenta.

— Eu também; trinta e sete, e também está ótimo que seja assim.

— Então por que você está se queixando?

— Eu não estou me queixando.

— Está; você está se queixando.

— Não, não estou.

— Você está se lamentando.

— Isso é lamentar?

— É.

— Não.

— É, sim.

— Então é, Bóris...

Ele pegou um pedaço de melão.

— Depois de certa idade, minha filha, depois de certa idade é assim: cai peito, cai bunda, cai cabelo, cai dente... Vai caindo tudo. Até que um dia é a gente mesma que cai; a gente cai num buraco, um buraco escuro e fundo, para alegria da turma que está lá embaixo: "Ei, pessoal, chegou carne fresca!"

— Ih, Bóris...

— É a vida, minha cara.

— Mas assim, logo no começo do dia...

— É a vida. Aliás... Você sabe o que é a vida? Sabe? Se não sabe, eu vou te dizer: a vida é uma estrada esburacada, que começa no nada e termina no nada.

— Que horror...

Ele riu.

— Ave Maria...

— É — ele disse, — acho que eu levantei mesmo meio atacado hoje...

— Santa Mãe de Deus...

— É que hoje vai ser um grande dia, Dóris; um dia que vai entrar para os anais da história.

— Por quê?

— Por quê? Porque... Bom, daqui a pouco eu te conto; deixa eu primeiro traçar este melão...

Comeu mais um pedaço.

— Está muito bom o melão. Você comeu?

— Não.

— Está fresquinho. Será que é produção local?

— Não sei.

— Eu acho que eu vou até buscar mais uma fatia...

Ele se levantou e foi, cantarolando:

— "De abóbora vai ao melão, de melão vai à melancia. De abóbora vai ao melão, de melão vai à melancia. Me dá doce, Sinhá, me dá doce, Sinhá, me dá doce, Sinhá Maria."

Voltou, o pratinho com mais uma fatia de melão e uma fatia de melancia.

— Bóris — ela disse, em tom baixo, — estava todo mundo olhando para você...

— Por quê? Eles estavam me achando bonito?

— Estava todo mundo olhando...

— E daí?

— Um homenzarrão desses cantando essa musiquinha...

— Não pode, não?

— Eles estão achando que você é doido...

— Doido eu sou mesmo. Pelo menos por um melão como este. E por outros também, claro, aqueles que a gente não come, mas lambe...

— Você hoje, hem?...

— É que... Bom, daqui a pouco eu te conto...

— Estou esperando...

— Coma um pedaço — ele insistiu, oferecendo um pedaço, espetado no garfo.

— Não. Você não quis comer o bolo...

— Bolo mata; melão, não.

— Se bolo matasse...

— Faz um mês que eu comecei o meu regime, Dóris, e não é agora, depois de tanto esforço, que eu vou quebrá-lo.

— Eu quero ver...

— Eu tenho de me cuidar. Muita coisa me espera, muitas responsabilidades.

— Hum...

Ele olhou as horas.

— O motorista ficou de passar aqui às dez e meia.

— Você disse.

— Às dez e meia.

— Não são nem nove ainda...

— Não.

— Ainda tem muito tempo...

— É — ele concordou, — ainda tem um certo tempo...

No salão de café e restaurante do hotel havia àquela hora poucas pessoas e quase nenhum barulho.

— Você fez caminhada hoje cedo? — ele perguntou, espetando um pedaço de melancia.

— Fiz.

— Você está de short e de tênis...

— É.

— Eu nem vi a hora que você saiu.

— Você estava dormindo.

— Eu estava com muito sono.

— Eu vi — ela disse.

— Não encontrou nenhuma onça por aí, não?

— Onça?

— É.

— Tem onça por aqui?

— Num lugar deserto como esse, cheio de montanhas e matas...

— Então preciso ter cuidado...

— Ou será que você é a própria onça?

— Quem sabe? — ela disse, e ameaçou abocanhá-lo.

Ele riu.

— Esse short é o seu short mais curto, não é?

— É.

— E a camiseta, a mais decotada.

— Isso.

— Combina — ele disse.

— Combina. Ainda mais num dia quente como hoje.

— Quente? Você está achando?

— Eu estou.

— Eu, não.

— Eu estou; bem quente.

— Deve estar uns vinte e oito graus.

— Vinte e oito graus não é quente?

— Não; quente é acima de trinta graus.

— Quer dizer que abaixo de trinta graus é frio.

— Não, não é frio; mas também não é quente.

— É o que então?

— Temperado.

— Então hoje está temperado.

— Está.

— Pois eu estou achando quente.

— Você pode estar achando quente, mas não está quente.

— O importante não é o que eu estou achando?

— De certa forma, sim.

— Então?

— Então?...

Ele ergueu os ombros:

— Então nada.

— Isso mesmo: então nada.

Ele afastou o pratinho com as sementes de melancia, levantou-se e foi, mais uma vez, até a comprida mesa central, onde estavam as frutas, os frios, os quentes e as quitandas.

Voltou com uma fatia de mamão e duas rodelas de abacaxi.

— Nossa Senhora... — disse, sentando-se e olhando para ela.

— Nossa Senhora?

— Blusa azul e short branco: não são as cores de Nossa Senhora?

— São.

— Nossa Senhora Erótica.

— Nossa Senhora Erótica?...

— Será que existe?

— Existe o quê?

— Nossa Senhora Erótica.

— Se existe, eu nunca ouvi falar.

— Existe tanta Nossa Senhora... Às vezes existe essa também...

— Eu nunca ouvi.

— Uma vez, num boteco — ele contou, — eu apostei com um amigo, o João, quem lembrava de mais Nossas Senhoras. Cada um ia falando uma; o que parasse perdia a aposta e pagava a conta.

Ela abanou a cabeça, meio rindo.

— Nossa Senhora Isso, Nossa Senhora Aquilo, Nossa Senhora Disso, Nossa Senhora Daquilo... E lá fomos nós, numa disputa sensacional. Só que, quando eu cheguei lá pela décima, eu empaquei e aí não lembrei de mais nenhuma; e o João continuou a toda, falando mais umas trinta ainda, ou sei lá quantas. Eu sei que foi uma derrota humilhante...

Ela riu.

— Mas, também — ele explicou, — o João era um carola daqueles, um verdadeiro rato de sacristia...

— É, né? — ela disse, brincando com os óculos escuros em cima da mesa.

— Se eu soubesse onde ele mora... Faz anos que eu não o vejo; nem sei se ele ainda está vivo ou se... Se eu soubesse onde ele mora, eu ia perguntar a ele se ele sabe dessa Nossa Senhora, Nossa Senhora Erótica.

— Você acha que iria existir uma coisa dessas, Bóris?

— Por que não? Eu descobri há pouco tempo que existe até uma tal de Nossa Senhora Desatadora dos Nós.

— Existe; essa existe. Essa eu mesma já invoquei.

— Vê lá se isso é nome de uma Nossa Senhora; Nossa Senhora Desatadora dos Nós... Então põe de uma vez Nossa Senhora Quebra-Galho; fica muito melhor...

Ela riu.

— Se existe uma Nossa Senhora com um nome tão esquisito desses, por que não existiria uma Nossa Senhora Erótica?

— Porque sexo...

— Nossa Senhora Erótica, dai-me uma boa trepada!

— Bóris...

— Nossa Senhora Erótica, fazei com que eu não broxe!

— Bóris, as moças daquela mesa ali estão olhando...

— Estão? Ótimo; assim, elas já vão aprendendo a quem invocar num momento de apuro.

— Além do mais... Isso é pecado.

— Pecado? Ainda existe pecado? Ainda existe alguém que acredite em pecado?

— Existe, e muito mais do que você pensa.

— É... E lembrar que eu já fui até coroinha...

— Você? Dessa eu não sabia...

— Fui, já fui coroinha; mas no meu rabinho ninguém tocou, disso você pode estar certa.

Ela riu.

— Hoje, hoje eu não sei se eu teria a mesma sorte, com todos esses padres aí provando o totó dos garotos e, talvez, invocando Nossa Senhora Erótica. Nossa Senhora Erótica, dai-me um totozinho bem novinho!

— Bóris...

— O quê?

— As moças...

— As moças?

— O que elas vão pensar?

— O que elas vão pensar?...

— Vão pensar que você é um tarado.

— E eu não sou?

— Elas vão pensar isso.

— Ótimo.

Ela abanou a cabeça, contrariada.

— Bóris, o tarado do Hotel Campestre — e ele deu uma risada, espetando o último pedaço do mamão.

— Você...

— Falando nisso, em tarado... Você notou, né?...

— Notou o quê?

— Que elas são lésbicas... — ele disse, baixando a voz.

— Elas quem, Bóris?

— As moças...

— As moças? Por quê?

— Ora, preciso dizer? Duas moças juntas num hotel desses, longe de tudo, numa cidade assim... O que elas estão fazendo aqui?

— Ê, Bóris...

— Qualquer um percebe.

— Qualquer um...

— Eu aposto um milhão: lésbicas...

— Tá...

— Por falar em milhão — ele disse, — eu tive uma idéia, uma idéia sensacional: criar uma loja de Nossa Senhora. Imagens, terços, orações, o diabo, com perdão da palavra...

— Você está falando sério?

— Por que não? Religião é um prato cheio, minha filha. Religião... Nossa Senhora, então, nem se fala: Nossa Senhora pode ser uma mina de ouro.

— Hum.

— Eu posso até tentar descobrir onde está o João e contratá-lo para meu assessor. Ou... Ah, pra quê? Não é necessário: eu mesmo invento umas Nossas Senhoras. Por que não? As que existem não foram inventadas?

— Foram, mas...

— Imaginação não me falta; eu tenho até de sobra. Aliás, o que seria de um empresário sem imaginação?

— Um empresário?

— É feito um artista — ele disse. — O que é um artista sem imaginação? Um artista sem imaginação não é nada. Mal comparando, um artista sem imaginação é como um pássaro sem asas: o pássaro pode até cantar, mas não voa, não vai longe; fica só ali, no lugar, dando aqueles passinhos miúdos no chão.

— É.

— Assim também é o empresário. Num livro que eu li sobre gestão empresarial, o autor, um americano, cobrão no assunto, diz que a imaginação pode prever o futuro e que... Mas, não: isso fica para depois. Voltemos a Nossa Senhora. O que é mesmo que eu estava dizendo?...

— Imaginação.

— Isso: imaginação. Então? Eu mesmo posso inventar as Nossas Senhoras. Por exemplo: Nossa Senhora das Agruras da Vida... Hem?... Nossa Senhora dos Desempregados; Nossa Senhora dos Insones... Nossa Senhora do Alvorecer no Tibete: esta, uma coisa assim, meio puxada para o misticismo oriental...

— Bóris, só você mesmo...

— Aí — ele prosseguiu, — eu convido alguns artistas plásticos para fazer as imagens das novas Nossas Senhoras... Uma pode até se chamar assim mesmo: Nova Nossa Senhora; trajes modernos, sapatos... Hem?...

Ela não disse nada.

— Você já reparou que Nossa Senhora está sempre descalça? — ele perguntou.

— Não — ela respondeu.

— Eu já reparei isso. Nossa Senhora está sempre descalça. Por quê? Será que ela não tinha dinheiro nem para comprar uma sandaliazinha?

Ela riu.

— Pois a minha, a minha Nova Nossa Senhora, essa vai ter. Ela vai estar de sapato. Salto alto? Não:

salto alto, não; salto alto não fica bem. Salto baixo mesmo. Quando muito, um saltinho.

— Ê, Bóris...

— Depois... Bem, depois, em relação às orações, eu contrato um jornalista. Esses caras, por uma graninha de nada, topam qualquer coisa. Se a gente pedir, e pagar, eles escrevem até uma oração ao diabo.

Ela riu.

— Em suma: Nossas Senhoras para todos os gostos e para todas as necessidades.

— Hum.

— Palácio de Nossa Senhora: seria um bom nome para a loja, não? Ou então: Mater Dei e Companhia. Não, não; este seria péssimo. Palácio; Palácio fica bom.

— É.

— Está vendo? — ele disse, espetando um pedaço do abacaxi. — Uma grande idéia inspirada por você.

— Por mim, não; pode ter sido pelo meu short e pela minha blusa.

— Mas, e se não fosse o que está dentro de seu short e de sua blusa?...

Ela riu.

— Está bem — ela disse; — então, depois, eu quero a minha parte...

— Em dólares?

— Pode ser...

Ele riu.

— Mas, e então? — ela perguntou. — Como foi lá ontem?

— Foi bom, muito bom.

— Eu estimo...

— Nós até já marcamos a próxima convenção: março do ano que vem.

— É?

— E acho que finalmente... Finalmente, Dóris, e é isto o que eu ia te contar, esta é a grande notícia que eu ia te dar: finalmente eu vou realizar o grande sonho de minha vida.

— Cuidado, você vai sujar sua gravata aí no prato.

— Dóris... — ele recuou o corpo e abriu os braços: — Eu te digo que estou prestes a realizar o grande sonho de minha vida, e você vem me falar na minha gravata?

— É que...

— Ora, Dóris; o grande sonho de minha vida!

— Eu sei, Bóris.

— O grande sonho!

— Eu sei.

— Então me diga: qual é o grande sonho?

Ela ficou calada.
— Não está lembrada?
— Estou, Bóris, mas...
— O conglomerado, Dóris!
— Ah, é... O conglomerado...
— O conglomerado!
— Isso...
— Todas as empresas reunidas.
— Eu sei; todas as empresas...
— Reunidas e sob a direção de quem?
— De quem?
— De quem poderia ser, Dóris?...
— Do Doutor Bóris.
— Do Doutor Bóris; do Doutor Bóris Paternostro.
— Que bom, Bóris...
— Tudo indica que isso vai acontecer — ele disse; — tudo indica...
— Que bom...
— Há algumas resistências, é claro; mas eu acho que elas serão vencidas quando, hoje, eu fizer a minha exposição, uma exposição que, eu espero, será, no mínimo, brilhante.
— Eu tenho certeza.
— No mínimo, brilhante.
Ela sacudiu a cabeça.
— Corre por lá também que... Isso é uma pessoa que me disse, em off... Corre por lá que eles pensam em dar ao conglomerado o nome de Organizações Bóris Paternostro.

— Ô, Bóris...

— É... Isso foi uma pessoa que me confidenciou.

— Que maravilha...

— Pois é. E eu vou dizer: não é por nada, não, mas, pensando bem, isso seria apenas um ato de justiça. Você não acha?

— Claro.

— Um ato de justiça.

— É isso mesmo.

— Quem levantou a empresa, que, na época, estava no vermelho, quase fechando as portas?

— Você.

— Eu, o BP. E quem, depois, trouxe para ela novas firmas, dando a ela um caráter multifacetário e aumentando consideravelmente o seu patrimônio?

— Você.

— Eu, o BP. Quem dobrou o lucro dela? Quem deu a ela maior visibilidade no mercado?

— Você, o BP.

— Quem, por fim, a transformou numa referência, numa benchmark?

— O BP.

— E quem, quem até bolar o slogan dela bolou?

— Você.

— "Uma empresa que se preza" — ele disse, empostando a voz.

Ela sacudiu a cabeça.

— Isso, eu, eu que não sou publicitário nem nada; eu que, fora alguns cursos particulares que fiz, a única universidade que freqüentei foi a Universidade da Vida.

Ela sacudiu a cabeça.

— E então eu pergunto: não seria apenas um ato de justiça?

— Um ato de justiça.

— Organizações Bóris Paternostro... — ele disse devagar, olhando para o fundo do salão e o alto da parede. — Parece até que eu já estou vendo o letreiro: letras bem grandes e redondas. Vermelho?

— Lilás.

— Não; lilás, não.

— Rosa.

— Rosa? Não. Nem lilás nem rosa: lilás é cor de mulher; e rosa, cor de veado.

Ela riu.

— Vermelho mesmo — ele disse. — Ou amarelo? É, um amarelo bem forte, bem visível, também ficaria bom... Mas vermelho é melhor. Prefiro o vermelho.

Ela sacudiu a cabeça.

— Organizações Bóris Paternostro... Há anos que eu espero por isso, Dóris... Há anos... Isso será o ápice da minha vida, o ponto mais alto...

— Hum...

— Veja: agora Bóris Paternostro está num avião, sentado à janela. É noite. O avião já sobrevoa as primeiras casas da cidade, os primeiros bairros, em direção ao aeroporto — e ele sobrevoou a mesa, com a mão espalmada.

Ela o observava.

— Bóris ajeita o nó da gravata. Então, mais um pouco, lá na frente e lá embaixo, o que ele vê?

— O quê?

— Você não adivinha?

— Não.

— O letreiro, Dóris!

— Ah...

— O letreiro! Organizações Bóris Paternostro. Aquele grande letreiro vermelho, brilhando na noite.

— Hum...

— Então Bóris Paternostro dá um sorriso, um sorriso que só ele sabe por que está dando... Depois dá uma tossida, aquela tossidinha de nada, entende? Aquela tossidinha de... de pura satisfação...

— Hum...

— Depois disso, minha filha, depois desse momento, o avião pode cair.

— Mas não vai cair.

— Não, porque Bóris Paternostro ainda tem muito o que fazer pela frente.

— E porque há outros passageiros no avião.

— Passageiros?

— Sim: os outros passageiros.

— Ah, mas isso é detalhe.

— Detalhe...

— Pelo menos até eu ter o meu próprio jatinho, que, aliás, na minha condição de diretor do conglomerado, será a minha primeira reivindicação. "Senhores: dada a expansão de nossos negócios e de nossas unidades por todo o território nacional, impõe-se, para maior mobilidade e maior presteza na tomada de decisões, a aquisição de um jatinho, um jatinho... é..." Bom: é isso.

Ela balançou a cabeça.

— E na estréia, na primeira viagem, quem estará comigo, ao meu lado?

— Quem?

— Você não adivinha?

— Não.

— Ê, Dóris Liesenfeld... Você é ruim para adivinhar, hem?

— Sou — ela disse, prendendo o cabelo atrás, — eu sou mesmo; sou ruim para adivinhar. Quem estará com você?

— Você, meu amor!...

— Eu? Você está é louco, Bóris!

— Por quê?...

— Eu não gosto nem de avião grande, quanto mais de jatinho!

— Hum...

— Agradeço a intenção, mas...

— É... — ele disse.

Levantou-se, foi até a mesa central e voltou com um copinho de iogurte.

— Ao longo de minha vida — disse, — ao longo de minha vida eu aprendi muitas coisas. Uma delas é: as grandes alegrias, assim como as grandes tristezas, são sempre solitárias. Por mais pessoas que a gente tenha ao lado na hora e por mais que nos abracem, congratulando-se ou confortando, é a gente com a gente, e só, não há mais ninguém.

— Eu quero que você me compreenda, Bóris.

— Não, eu sei — ele disse; — eu compreendo. Não tem problema. Eu vou sozinho na viagem. Quer dizer: eu e o piloto.

— Acontece que...

— Então já sei como eu vou fazer; eu batizo o jatinho com o seu nome: "Dóris". Que tal? Gostou?

— Não; pra ser sincera, não...

— Por quê?...

— Porque eu não gosto de avião, Bóris; eu já te disse. Entrar num avião, para mim, é um suplício.

— Para mim é o paraíso. Voar é com os pássaros; e com Bóris Paternostro.

— Já eu...

— Bom, então já sei que nome eu vou pôr no jatinho: já que não é "Dóris", vai ser "Bobó".

— Bobó?...

— Eu já te contei; quando eu era menino e eles perguntavam o meu nome, eu respondia: "Bobó."

Ela balançou a cabeça.

— Bobó... Então eu vou pôr esse nome, em homenagem ao menino que eu fui e que gostava muito de brincar com aviõezinhos.

— Hum.

— Mas não é tanto por isso — ele explicou; — não é pelo fato de o menino gostar de brincar com aviõezinhos: é pelo fato de esse menino ter começado a trabalhar na firma com doze anos, como office-boy. Doze anos, Dóris...

— Você já me contou.

— Doze anos...

— Você me contou...

— Eu levantava às cinco horas, pegava dois ônibus para o trabalho, naquele frio danado ou com chuva...

— Você me contou...

— Você já viu outro menino fazer isso?

— Não.

— Eu também não; nunca vi. Quando eu lembro disso, quando eu lembro desse menino, me vêm até lágrimas aos olhos... — ele disse, pegando o lenço no bolso do paletó e enxugando os olhos.

Ela o observava.

— E ficam esses meninos aí hoje... Meninos, não: esses rapazes, esses manganões de vinte, trinta anos... Ficam aí, na barra de saia da mãe, incapazes de fazer até pelo sanduíche...

Ela o escutava.

— Que país vai ser o nosso amanhã, com essa gente, com essa geração bunda-mole, com esse pessoal que só quer saber de droga e rock e videogame? Que país vai ser o nosso?...

— Cada geração é de um jeito, Bóris; as coisas mudam...

— Do que eles vão poder se orgulhar um dia? Do que, se eles não fizeram nada, se eles não conquistaram nada, se a vida deles foi um, noves fora, nada?

— Cada geração tem seus valores...

— Eu, com doze anos, suando a camisa, ganhando o meu dinheirinho...

Ela sacudiu a cabeça.

— Com essa idade eu já comprava minhas roupas.

— Você me contou...

— Com quinze anos eu entrei para o escritório.

— E com dezoito, para a casa das máquinas.

— Casa das máquinas? Eu, não; eu nunca trabalhei na casa das máquinas.

— Então quem foi?

— O Zezeca, o Zezeca, meu irmão. O Zezeca é quem trabalhou na casa das máquinas.

— Então é isso; eu sei que tinha alguém que trabalhou na casa das máquinas.

— O Zezeca.

— Por que esse apelido? — ela perguntou. — Não é implicância minha, mas... Não bastava Zé, ou Zezé, ou Zeca? Zezeca é demais: tem os três apelidos de José juntos...

— É porque eram três irmãos.

— Três? Você sempre me disse que você tinha só um irmão, o Zezeca...

— Eu vou te explicar. Era como nessas embalagens de promoção, com três produtos: "três em um". O Zezeca também era três em um: o Zé Medroso, o Zezé Preguiçoso e o Zeca Invejoso. Assim, quando ele morreu, há cinco anos, eu fiquei livre dos três irmãos de uma vez. Homem de sorte, hem? Não posso me queixar...

— Hum.

— O Zezeca era só meu irmão biológico, alguém que nasceu da mesma barriga, e mais nada.

Ela sacudiu a cabeça.

— Mais nada, não: alguém que me fez muito mal, e que se foi sem me deixar nenhuma saudade.

Ela sacudiu a cabeça.

— Irmão, irmão mesmo, irmão de verdade, não é irmão de barriga; irmão de barriga é só um acidente da natureza. Irmão de verdade é irmão de coração, é aquele que te ama e a quem você ama.

— Você não ama ninguém, Bóris.

— Eu? Amo; amo, sim. Como não?

— Você não ama ninguém.

— Amo.

— Então quem você ama?

— Eu amo, por exemplo, os meus companheiros, aqueles que comungam comigo os mesmos ideais, aqueles que suaram a camisa junto comigo e que, ao longo desses anos, passaram por bons e maus momentos e seguiram em frente.

— Isso é do seu discurso?...

Ele riu.

— É; em parte, sim. É do meu discurso, sim. Eu vou dizer isso em homenagem aos meus companheiros e como uma forma de agradecimento a eles. Não fica bom?

— Fica.

— Pois é...

Ele se levantou:

— Vou buscar outro iogurte; tomei esse de morango, agora vou tomar um de pêssego...

Ele olhou as horas.

— Eu estou preocupado é com o motorista; ele ficou de passar aqui às dez e meia, mas como o povo desse lugar parece ser meio folgado...

— Ele passa, Bóris... — ela disse, olhando, através da vidraça, as montanhas lá fora.

— Se a gente estivesse lá, no Grande Hotel, não haveria esse problema.

— Ele passa...

— Se a gente estivesse lá, era só, na hora marcada, pegar o elevador e descer para o centro de convenções.

— Ontem ele não passou?

— Quem?

— O motorista, Bóris.

— Passou.

— Então?

— A questão não é só o motorista, Dóris; a questão é a distância: de lá para cá, numa estrada dessas, muita coisa pode acontecer.

— Pode.

— Muita coisa.

— Pode, sim; eu concordo.

— Um pneu pode furar.

— Pode.

— O carro pode cair daquela ponte.

— Ponte?

— Você não viu?

— Não...

— A ponte em que nós passamos quando nós viemos do aeroporto...

— Não, eu não vi.

— É uma ponte perigosíssima.

— É?

— Perigosíssima.

— Decerto eu estava cochilando...

— Se o cara se distrair ali...

— Hum...

— Se o cara se distrair...

— A ponte eu não vi...

— E a vaca?

— Vaca?

— A vaca, Dóris!

— Ah, é, a vaca; a vaca eu vi.

— Pois então?

— Foi por pouco.

— Por um triz.

— Se o cara não desvia...

— Uma hora dessas nós estaríamos num hospital.

— Se nós estivéssemos vivos...

— É, se nós estivéssemos vivos...

Ele tirou um guardanapo de papel do suporte de metal e limpou a boca.

— Pois é — disse; — deve haver muitas vacas dessas, soltas por aí.

— Será?

— Bem, muitas, eu não digo, mas... Vacas, cavalos, burros, sei lá mais o quê... Fora os tatus, tamanduás, lobos...

— Ainda existem esses bichos por aqui?...

— Imagino que sim.

— Que bom.

— Bom? Um bicho desses, numa estrada, pode causar uma tragédia.

— Que culpa ele tem?

— Que culpa?

— Por que foram construir a estrada num lugar que era deles?

— Ah, Dóris... Não me venha com esses papos ecológicos, tá?...

— Uma vez eu li que na Alemanha, numa região em que havia um pântano, eles fizeram uma estrada, e aí, quando chegava de manhã, apareciam muitos sapos mortos no asfalto.

— E daí? Sapo é pra morrer mesmo; um bicho nojento desses...

— Eu não acho, nojento.

— Não?

— Não.

— Quem não acha, Dóris?

— Eu não acho.

— Está bem; então, já que é assim, eu vou te dar um sapo de presente, no Natal. Você quer?

— Quero.

— Eu vou te dar.

— Eu ficarei muito feliz.

— Um daqueles sapos bem grandes, papudos.

— Eu vou adorar.

— E ainda vou mandar pôr nele um gorrinho de Papai Noel. O que você acha?

— Ele vai ficar uma gracinha...

— Aí, aí eu aproveito e mando pôr também um sininho no pescoço: toda vez que ele der um salto, o sininho toca.

— Sua idéia é linda, Bóris... Só que: sapo não tem pescoço.

— É mesmo...

— O gorrinho já basta, o gorrinho fica bom...

Um garçom se aproximou e, pedindo licença, recolheu os pratinhos sujos.

— Mas aí... — ela disse. — Bem: as pessoas começaram a protestar contra a morte dos sapos, os jornais noticiaram, e o assunto chegou às autoridades. Aí...

— Encurtando caminho — ele pediu, olhando para o relógio, — já que estamos falando em estradas...

— Encurtando caminho: a única solução que eles encontraram para acabar com a mortandade dos sapos foi desviar a estrada; só que, para fazer isso, eles teriam de abrir um túnel numa montanha, uma obra que ficaria caríssima.

— E eles abriram.

— Abriram.

— Eu sabia... Esses gringos... Eles são assim: eles matam milhões de judeus; depois abrem um túnel na montanha para não matar sapos...

— O que tem uma coisa a ver com a outra, Bóris?

— O que tem? Tem muito a ver.

— Eu não vejo relação nenhuma.

— Tudo tem a ver com tudo. Uma coisa aqui e agora tem a ver com outra lá não sei onde e quando. Tudo tem a ver.

— A Alemanha é um país civilizado. Lá eles sabem da importância dos animais. Lá eles preservam a fauna; a fauna e a flora. Não é como aqui, no Brasil, onde as pessoas destroem tudo.

— Quem manda na natureza? O homem ou o bicho?

— Ninguém manda na natureza. A natureza é de todos e para todos.

— Quem manda na natureza é o homem. O bicho não manda nada.

— Não é assim.

— Quem manda no mundo é o homem.

— Por isso é que o mundo está do jeito que está.

— Quem você queria que mandasse? Um tamanduá?

— Se fosse um tamanduá, eu tenho certeza que o mundo estaria muito melhor.

— Está bem. Então eu te pergunto: tamanduá planta lavouras? Tamanduá constrói usinas? Tamanduá fabrica remédios? Tamanduá vai à Lua?

— Não, tamanduá não faz nada disso; mas também não faz guerras, não mata seu semelhante.

— Não mata seu semelhante, mas mata formiga.

— Ele mata formiga por necessidade, Bóris; para sobreviver. É diferente. O homem mata por maldade.

— Para a formiga que vai morrer, que diferença faz que ela seja morta por necessidade, e não por maldade? Faz alguma diferença?

Ela ficou calada.

— Todos matam, Dóris, todos matam, bichos e homens. Aliás, o homem é bicho também, só que um pouco mais evoluído. Ou menos, como você talvez ache...

— Acho; acho, sim.

— Matar é a lei da vida.

— Matar só pode ser a lei da morte, não da vida.

— Uns engolem os outros. No fim a terra engole todos, e fica tudo resolvido.

— Hum...

— Mas, voltando ao assunto, ou, deixando o atalho e voltando à estrada, estrada no sentido literal da palavra, o que mais me preocupa não são os bichos, o motorista bater num deles: vaca, tamanduá, ou o que seja; até mesmo o bicho homem...

— É o que então?

— O que me preocupa, eu já disse, o que me preocupa é que o povo daqui me parece muito folgado.

— Não é o povo que é folgado, Bóris: é você que é apressado.

— Eu sou um chefe, Dóris.

— Chefe tem de ser assim?

— Um chefe tem responsabilidades.

— Responsabilidades todos têm.

— Têm, mas não cumprem. Eu cumpro as minhas.

— Você não pode generalizar.

— Vamos que esse motorista... Vamos que ele resolva tomar uns goles pelo caminho...

— Ele bebe?...

— Não sei; mas suponhamos que sim.

— Por que suponhamos que sim?

— Porque... Ora, Dóris, quem não bebe hoje? Do jeito que as coisas andam, quem não toma os seus goles?

— Ah, Bóris...

— Além disso, ontem, à hora que eu fui à reunião, eu vi uns três bares pelo caminho.

— Isso é paranóia...

— Os bares?

— Os bares, não: o que você está pensando do motorista.

— Paranóia nada.

— É, sim.

— Um golinho aqui, outro ali...

Ela riu.

— É — ele disse, — é assim, minha filha...

— Então por que vocês escolheram esse lugar?

— Por quê?

— Por que vocês escolheram esse lugar e não outro? Ou uma das capitais, por exemplo...

— Bom, porque... Eu vou te explicar.

— Não, Bóris, não é preciso... — ela disse, olhando para as montanhas.

— Na nossa reunião preparatória...

— Não...

— Você perguntou.

— Perguntei, mas... mas...

De repente, as montanhas mexeram-se, ondularam-se e abriram-se, formando uma boca — uma boca obscena, uma boca...

— Não, meu Deus — ela disse, fechando os olhos.

— O que foi? — ele perguntou, assustado.

Ela abriu novamente os olhos.

— Acho que eu tive uma vertigem.

— Vertigem?...

— É.

— Não vai passar mal aqui agora, hem? Pelo amor de Deus.

— Não, Bóris, eu não vou.

— Eu não posso, eu já te disse, eu não posso, de jeito nenhum, faltar a essa reunião.

— Você não vai faltar; pode ficar tranqüilo. Você não vai faltar à reunião. Se eu tiver de passar mal, eu deixo para passar mal mais tarde...

— Eu já estava preocupado com o motorista; agora você...

— Foi uma coisa à toa, já passou...

Olhou para ela, desconfiado.

— Eu já estou bem, Bóris.

— Olha lá, hem?...

— Eu já estou bem...

Ele então se relaxou.

Deu uma olhada ao redor, procurando o garçom.

— Eu vou pedir leite...

— Leite?

— É.

O garçom apareceu. Ele pediu.

— Você vai chegar tarde de novo? — ela perguntou.

— Vou. Por quê?

— Nada — ela disse.

— Ontem, quando eu cheguei, você já estava dormindo — ele contou; — aí eu não quis te acordar.

— Eu tomei um Lexotan.

— Ah, então foi isso!...

— Foi isso o quê?

— Que te deu esse troço agora!...

— Não, não foi.

— Foi, sim. Foi isso que te deu esse troço...

— Não.

— Lexotan faz mal.

— Tudo faz mal, Bóris.

— Além disso, Lexotan cria dependência, sabia?

— Há dependências piores do que essa.

— O que você quer dizer com isso?

— O que eu quero dizer?

Ela olhou para as montanhas — agora firmes, imóveis.

— Nada; acho que não quero dizer nada. Foi só uma frase que saiu à toa, sem eu pensar...

— Cuidado: frases que saem à toa, sem a gente pensar, podem ter conseqüências impensáveis.

— O que você quer dizer com isso?

— O que eu quero dizer?

Ele riu.

— É... Desse jeito, nós vamos parar longe...

— Ou então em lugar nenhum...

— O que é mais provável...

— Voltando à convenção — ele disse: — amanhã, ao meio-dia, nós terminamos. À tarde há um almoço de confraternização, com todos os convencionais. E domingo, às oito horas, nós estamos voando de volta.

Ela sacudiu a cabeça devagar.

— Você não quer mesmo ir lá hoje? — ele perguntou, levando à boca a chávena com o leite quente. — Se você quiser, ainda dá tempo...

— Não, eu vou ficar aqui.

— Das esposas dos convencionais você foi a única que não foi ontem, à reunião de abertura.

— Sempre há uma exceção — ela disse.

— É — ele concordou, — sempre há...

Tomou mais um gole do leite.

— Você, então, vai ficar aqui...

— Vou; eu vou ficar.

— O que você vai fazer?

— O quê? Bem, eu...

— Você pode também ir à cidade.

— À cidade? Fazer o quê?

— Não sei; dar um passeio... A cidade tem umas coisas antigas, interessantes...

— Você viu?

— Me falaram.

— Hum.

— Me falaram que... Por que você não vai lá, ver?

— Eu não gosto de coisas antigas, Bóris. Coisas antigas me deprimem.

— São coisas do passado, coisas históricas. É importante conhecer. Isso enriquece o espírito.

Ela riu.

— Eu acho que você tem mais interesse no que enriquece o bolso...

— Eu não estou falando de mim, Dóris; eu estou falando de você. Você é uma pessoa que tem formação. Eu, não; eu sou um casca-grossa, um...

— Desculpe-me, Bóris; eu não quis te ofender.

— Eu sei muito bem quem eu sou.

— Eu não quis...

— Eu posso me enganar sobre os outros, e já me enganei, não foi uma nem duas vezes; mas sobre mim mesmo, não: sobre mim mesmo eu nunca me enganei.

— Eu não quis, de jeito nenhum, te ofender. Juro. É que, como eu disse, eu não gosto de ver coisas antigas. Eu não gosto de ver nada de gente que já morreu. É por isso também que eu não vou a cemitérios.

— Mas um dia você vai; querendo ou não querendo, você vai.

— Os mortos atraem a gente para a morte; você já percebeu?

— Eu, não; nunca percebi isso.

— Atraem.

— Eu...

— Os mortos não gostam da gente; eles fazem de tudo para que a gente seja também um deles.

— Isso é bobagem, Dóris...

— Bobagem? Eu já notei isso perfeitamente. Os mortos têm inveja dos vivos. Eles não suportam que a gente continue a viver, quando eles já morreram.

Ele mexeu a cabeça:

— Você sai com umas...

— E a quantidade de mortos? — ela disse.

— Quantidade de mortos?...

— A quantidade de gente que já morreu até hoje.

— E o que tem isso? Morreu, morreu, acabou, não interessa mais.

— É uma coisa que dá pavor.

— Pavor por quê?

— Porque mostra que não há escapatória, que até hoje ninguém escapou, que nosso destino é a morte e não adianta espernear.

— Mas então o que fazer?...

— Por mais forte que seja a pessoa, por mais poderosa ou mais sábia, ninguém escapa.

— Mas então o que fazer?...

— O que fazer? Nada, não há nada a fazer. Isso é que é terrível. Nada. É só esperar. Só esperar a morte.

— Assim, você vai acabar parando num hospício.

— A vida é um castigo.

— Castigo? Castigo de quem?

— De algum deus muito mau.

— A vida é uma festa, minha filha...

— Festa? Ah, quer dizer que a vida não é uma estrada esburacada e não sei o que e não sei que mais?...

Ele riu.

— A vida é uma festa, uma festa a que fomos convidados sem saber por quem nem por que, mas uma festa; e então, já que estamos nela, vamos aproveitar até o último minuto. Mesmo porque não haverá outra.

— Às vezes penso: seria muito melhor não ter nascido.

— Mas você nasceu. Você nasceu, e agora não adianta chorar; agora é seguir em frente.

— Às vezes... Ah, mas... Chega. Minha cabeça já está doendo.

— Quer tomar alguma coisa?

— Um uísque?

— Uísque?... — ele se espantou.

— Eu devia me embebedar; todos nós devíamos nos embebedar.

— Mas você não vai fazer isso...

— Por que não?

— Pelo leite que você mamou em sua mãe, Dóris.

— Eu quase não mamei, minha mãe tinha pouco leite...

— Pelo leite que você mamou em sua mãe. Ficaria muito mal para mim.

— Para você...

— Para você também; para nós.

— Eu não vou fazer isso, Bóris. Você sabe que nem com cerveja eu posso.

— Ah, mas, sei lá... Uma hora...

— Nem cerveja eu tomo.

— Uma hora...

— Fique tranqüilo. Eu não vou me embebedar. Só se for um porre de guaraná...

— Imagine, imagine eles dizendo: "A Dona Dóris é alcoólatra, e a gente não sabia..."

— Eles quem?

— "Decerto é por isso que ela quis ficar lá, no hotel..."

— Eles quem, Bóris?

— Os convencionais.

— Hum.

— Já imaginou uma coisa dessas? Já imaginou? Seria uma desgraça.

— Desgraça...

— Seria o fim.

— O fim... Não seja exagerado, Bóris.

— Você não vai fazer isso; por favor.

— Eu não vou, pode ficar tranqüilo. Não vou passar mal, não vou me embebedar, não vou... O que mais que você quer que eu "não" faça?...

— Dóris, o que há com você?

— Comigo?

— O que há com você?

— Que eu saiba, não há nada.

— Você está com a avó atrás do toco?

— "Avó atrás do toco" — ela repetiu, rindo. — Há tempos que eu não ouvia alguém dizer isso...

— Bom — ele disse, pegando uma bolacha de sal, — para concluir: você vai mesmo ficar aqui, no hotel...

— Vou; vou mesmo ficar aqui, no hotel: sem passar mal e sem me embebedar.

— Você não quer ir à cidade...

— Não.

— Nem à convenção...

— Não.

— Lembre-se, Dóris — ele disse, erguendo o indicador em riste, — lembre-se de uma coisa: foi você que quis vir para este hotel.

— Foi.

— Foi você.

— Exatamente.

— Foi você que escolheu o Campestre.

— Foi; eu que escolhi.

— Como você sabe, nós somos os únicos convencionais aqui.

Ela sacudiu a cabeça.

— No mais... Eu te avisei, não avisei? Eu te avisei que aqui, esse lugar, não seria nenhum Parque de Diversões.

— O que você não me avisou é que aqui seria um Parque de Chateações.

— Te avisei que aqui não seria nenhuma Disneylândia.

— E se fosse? Disneylândia sem filhos?

— Sem filhos. E assim continuará sendo. Eu já te expliquei e não quero voltar ao assunto: filho é um investimento de alto risco, e investimentos de alto risco bastam os que eu já tenho na empresa.

— Hum...

— Além disso, já há muita gente no mundo, para que botar mais um aí?

— Se todo mundo fosse pensar assim, ninguém mais teria filho.

— E daí? Qual é o problema?

— Qual é o problema?

Ela olhou para ele:

— Bóris, você acredita em tudo o que você diz?...

Ele riu.

— Acredita?...

— Em uns vinte por cento mais ou menos...

— Então você não acredita em tudo.

— Não; em tudo, não. Eu não ia ser bobo de acreditar em tudo o que eu digo...

— Hum...

— Bom, mas voltando ao assunto e para encerrar... Cá entre nós, vamos ser sinceros: existe coisa mais feia que barriga de mulher grávida?

— Nem vou responder, Bóris.

— Parece um aleijume... Parece uma aberração da natureza...

Ela ficou calada.

— Bicho prenhe, não; bicho prenhe até que não é feio... Mas mulher... Santa Mãe de Deus...

— Que você não queira filhos, ainda vai; mas falar mal da maternidade...

— Eu não estou falando mal da maternidade; eu jamais falaria mal da maternidade. Só estou falando dos aspectos... digamos, estéticos... Os aspectos estéticos da mulher grávida...

— Estéticos...

— Como posso falar mal da maternidade? Afinal de contas, se não fosse a minha mãe, não existiria Bóris Paternostro.

— Hum...

— Mas... Enfim, voltando agora ao início desse nosso papo: eu estou preocupado é com a sua tarde...

— Eu me viro, Bóris; eu me viro. Ontem até que eu tive uma tarde divertida...

— É?

— Tive; tive uma tarde bem divertida...

— O que você fez?

— Você quer mesmo ouvir?

— Se não for demorado... Você sabe: o motorista...

— "Ficou de passar aqui às dez e meia."

— Isso.

— Sabe quantas vezes você já disse essa frase, Bóris?

— Não. Quantas?

— Umas três ou quatro vezes.

— Só?

— Uma três ou quatro vezes.

— Pensei que fosse muito mais...

— Me diga, me diga uma coisa: se esse motorista não passar aqui, o que acontecerá? Você morrerá?

— Não, não morrerei. Será muito pior: eu chegarei atrasado à reunião.

— Quer dizer que chegar atrasado à reunião é pior do que morrer.

— Claro. Muito pior. O que é a morte? A morte não é nada. Agora, imagine se eu chegar atrasado a essa reunião...

— Bóris, você não é uma pessoa normal.

— E você? Você é?

— Definitivamente: você não é uma pessoa normal...

— Eu, pelo menos, não vivo tomando estupefacientes.

— Estupefacientes?...

Ela deu uma risada.

— Ai, Bóris... Eu acho que há certas palavras, na nossa língua, que é só você que usa...

— E daí? Algum problema?

— Não, nenhum, nenhum problema; pelo menos quanto a mim. Eu só acho engraçado; só isso...

Ele pôs o café na chávena. Pegou um saquinho de adoçante, rasgou-o e despejou o conteúdo.

— Você não quer? — perguntou, olhando para ela.

— Não.

— Eu peço uma chávena...

— Não, obrigada...

Ele bebeu.

— Mas deixe-me contar a minha tarde divertida... — ela disse.

— Um briefing, Dóris; não um relatório.

— Vou começar pela hora que você saiu.

— Hum.

— Eu liguei a televisão: desenhos animados.

— Desenho animado você gosta.

— Gosto. Você também.

— É; só que eu não vejo mais.

— Você lembra quando a gente via junto?

— Claro.

— A gente parecia duas crianças...

— É.

— Por que a gente parou?

— As vicissitudes da vida.

— A gente não devia ter parado...

— Hoje tem dia que eu não tenho tempo nem para mijar, quanto mais para ver desenho animado...

— Mas... Bem, eu vi lá os desenhos. Aí os desenhos acabaram, e eu desci; desci para ali, para o saguão — ela acenou, em direção ao saguão.

Ele sacudiu a cabeça.

— E lá, naquela poltrona que fica lá no canto, eu vi uma mulher, uma mulher já de idade. Como ela estava sozinha, eu pensei em conversar com ela. Por atenção, compreende?

— Compreendo; por atenção.

— Mas ela estava de olhos fechados, a cabeça meio tombada para a frente e um terço na mão, e aí eu não fiquei sabendo se ela estava rezando ou se ela estava dormindo. E aí eu não falei nada com ela.

— Você não falou.

— Não, eu não falei; eu não falei nada com ela. Aí eu fui para fora e dei uma volta ao redor do hotel. Eu parei naquele jardim e fiquei lá, observando as plantas.

— Elas estão bonitas?

— As plantas?

— É.

— Não, não estão; elas podiam estar mais. Elas estão precisando de cuidados; estão precisando de adubo, de água, de carinho...

— Fale com a direção do hotel.

— Eu pensei mesmo em fazer isso, mas...

— Ou então... Há aquele questionário; ele está lá, na mesa do apartamento. Você pode...

— Eu sei, eu vi esse questionário. "Suas expectativas foram atendidas?" "Não", eu vou responder; "minhas expectativas não foram atendidas, porque as expectativas nunca são atendidas: nem nos hotéis nem na vida."

— Só nas Organizações Bóris Paternostro.

— Nem nos hotéis nem na vida. É isso o que eu vou responder.

— Mas não vai entregar o questionário.

— Não, não vou; eu não entrego. Eu só respondo.

— Você não acha que isso é uma coisa sem sentido?

— Eu gosto das coisas sem sentido.

— É... Cada doido com a sua mania...

— Lembra daquele hotel em que nós ficamos no ano passado?

Ele sacudiu a cabeça.

— Lá era assim: "Nós sabemos o que você precisa?" Eu respondi: "Não, não sabem. Mas não se preocupem: eu também não sei."

— E não entregou.

— Não; o questionário está até hoje comigo.

— Cada doido...

— E tem aquele hotel do Carnaval. Naquele a pergunta era: "Como podemos melhorar nossos serviços?" "Sei lá", eu respondi. "Procurem algum entendido em hotelaria."

Ele riu.

— Será que existe alguém que responde a esses questionários, Bóris?...

— Existe. Você não respondeu?

— Que responde e entrega...

— Existe.

— Eu sempre pensei: será que existe alguém que responde?

— Existe.

— Pois eu acho que ninguém responde.

— Responde; responde, sim.

— E, se responde, eu acho que o hotel nem toma conhecimento: pega aquilo e joga no lixo.

— Não é assim, Dóris...

— Pois eu acho que é.

— As críticas são importantes para a melhoria do estabelecimento.

— Melhoria... Você acha que eles estão preocupados com isso?

— Estão.

— Duvido.

— Se o hotel fosse meu, eu leria os questionários.

— Eu acho que tudo é só fingimento.

— Há a questão da concorrência.

— Eu acho que isso tudo é só para enganar trouxa.

— Você não acredita em ninguém, hem, Dóris?...

— Não acredito mesmo, não.

— Você acha que todo mundo é safado.

— Acho mesmo; você disse certo.

— Não é assim, não é todo mundo que é safado: é só noventa e nove vírgula nove por cento...

— E se for político, é cem por cento. Mil por cento. Um milhão por cento.

Ele riu.

— Bóris, qual é a morte mais cruel?

— A mais cruel?

— A que demora mais tempo e a pessoa mais sofre.

— Não sei; por quê?

— Nada — ela disse; — curiosidade...

— Você está querendo me matar?

— Não, não é você...

— Se for, me avise, para eu ir preparando a minha alma. Pelo menos com um mês de antecedência, tá?...

— Tá...

— Mas, voltando às plantas...

— Planta é importante, Bóris.

— Eu sei.

— Você não gosta de planta, mas planta é importante.

— Eu gosto; gosto, sim. Eu não tenho aquela comigo-ninguém-pode lá no meu escritório?

— Eu acho que essa é a única planta de que você gosta.

— Quem me deu, como você lembra, foi a Nina, aquela faxineira. Ela disse que a planta dava sorte, que a planta protege contra o mau-olhado.

— E você acredita nisso?

— Não sei...

— Isso é simpatia, Bóris.

— Você não acredita em homeopatia?

— Homeopatia é muito diferente.

— Diferente mesmo: na simpatia você não fica jogando dinheiro fora...

— Ah, Bóris...

— Sei que de lá, do escritório, aquela planta não sai...

— Eu estou vendo...

— Agora uma planta de que eu não gosto, dessa eu não gosto mesmo, é aquela que tem um troço comprido e vermelho, parecendo pinto de porco.

Ela riu.

— Daquela eu não gosto. É uma indecência. Onde já se viu? E tem gente de boa família que tem dela dentro de casa, as crianças vendo aquilo, aquele pinto de porco...

— Antúrio.

— Antúrio é o nome do pinto de porco?

— Da planta, Bóris...

— Ah...

— Mas aí — ela disse, — continuando a minha narrativa, do jardim eu fui para aquele banco lá na entrada, aquele banco de mármore. Mármore?...

— Granito.

— Granito. Pois é; eu fui para ele e me sentei. E aí, aí eu fiz uma coisa divertidíssima, uma coisa que eu nunca tinha feito na vida.

— O quê?

— Eu fiquei contando os carros que passavam na rodovia.

— É, isso é mesmo muito divertido...

Ele virou o paliteiro de louça e deu umas sacudidinhas para sair um palito.

— Eu pensei: "Vou contar até cem."

— Números redondos são sempre mais interessantes.

— Mas quando eu cheguei aos trinta, eu achei que já era bastante, que eu já tinha me divertido muito; e aí eu parei.

Ele balançou a cabeça.

— Então eu voltei para o saguão.

— Sei.

— A mulher, a mulher velha, ainda estava lá, no canto, na poltrona; a cabeça tombada, os olhos fechados, o terço...

— E aí?

— Aí? Aí eu me aproximei devagar, e então a mulher, essa hora, levantou a cabeça, olhou para mim e sorriu, o sorriso mais triste do mundo; e aí eu vi, apavorada, que aquela mulher...

— O quê?

— Aquela mulher era eu!

— Você?...

— Eu! Aquela mulher era eu! Eu daqui a vinte anos!

— Hum...

— Aí eu subi depressa para o quarto, tranquei a porta e fiquei lá, impressionadíssima. Aí eu...

— Dóris: briefing.

— Eu fiquei tão intrigada, fiquei tão intrigada que eu voltei. E quando eu chego ali embaixo, quando eu chego ali e olho para a poltrona onde estava a mulher...

— O quê?

— Ela não estava mais.

— A poltrona?

— A mulher, Bóris; a mulher. Ela não estava mais lá.

— E o que tem isso?

— O que tem isso?...

— O que tem isso de mais?

— Você vai ver...

— Hum.

— Aí eu fui à recepção e perguntei: "Cadê aquela mulher que estava ali, agora há pouco, naquela poltrona?" "Mulher?", o rapaz disse. "Não tinha nenhuma mulher ali." "Como não tinha?", eu disse. "Aquela mulher que estava ali!" "Então me desculpe", disse o rapaz; "eu não devo ter reparado." "Ela estava ali", eu disse, "ela estava naquela poltrona."

— Acho que é melhor você continuar tomando o Lexotan...

— Aí eu disse: "Você poderia olhar, para mim, por gentileza, se há uma outra hóspede registrada com o nome de Dóris?" "Pois não, minha senhora..." Ele olhou.

— E havia, claro...

— Ele olhou lá, no computador. "Com o nome de Dóris, minha senhora", o rapaz disse, "com esse nome é só a senhora mesmo que está registrada aqui, no momento, no hotel." "Você olhou bem?", eu ainda perguntei. "Sim, minha senhora, eu olhei; não há possibilidade de engano."

— É melhor você continuar mesmo com o Lexotan...

— Você está achando que eu estou ficando doida, né, Bóris?

— Não, em absoluto.

— Pois eu acho que eu estou.

— Isso é stress.

— Stress? Stress de quê? Eu não faço nada.

— Disso mesmo: de não fazer nada.

— Você está me gozando?

— De forma alguma. Há muito tipo de stress. Há o stress de fazer muita coisa e há também o stress de não fazer nada. Deve ser este o seu caso.

— Mas havia a mulher, eu vi; vi quando eu desci e vi quando eu voltei.

— Hum.

— Aí...

— Briefing, Dóris; briefing, please...

— Briefing: aí eu voltei para o quarto, cheguei à janela, olhei para baixo e pensei: "Se eu cair daqui, será que a minha cabeça se espatifa lá no chão?"

— Você está pensando em pôr termo à vida?

— Eu não estou pensando em nada, Bóris; eu só estou te contando o que eu pensei, o que eu pensei ontem ao chegar à janela do quarto e olhar para baixo.

— Hum.

Ele quebrou o palito em dois e depositou no cinzeiro.

— A gente pensa em tudo quando a gente não está fazendo nada — ela disse.

— É verdade — ele concordou.

— A gente pensa em tudo.

— Minha mãe dizia, citando um santo, que eu não lembro mais qual, que "a ociosidade é a oficina do diabo".

— É isso mesmo...

— Você não quis mais dar aula...

— Eu? Eu não quis? Você é que não quis que eu desse, Bóris.

— Não.

— Foi, sim.

— Não. Eu só...

— E sabe por quê? Sabe por que você não quis que eu desse aula mais?

— Por quê?

— Por ciúme.

Ele riu.

— Ciúme, sim, Bóris: ciúme de meus colegas.

— Você está muito enganada.

— Eu sei muito bem que foi por isso.

— Você parou porque você quis. Se você quisesse continuar, você continuaria.

— Hum...

— Mas você deve ter pensado: "Bom, agora eu estou com um empresário, por que eu vou..."

— Isso é calúnia, Bóris.

— Não; calúnia, não.

— Isso é calúnia.

— Eu só disse que...

— Eu tinha meus ideais.

— Ideais? Que ideais? Que ideal pode um professor ter hoje no Brasil? Só se for o de passar fome...

— Dinheiro não é tudo.

— Não, mas é quase tudo.

— Dinheiro só é tudo para as almas pequenas, para as almas mesquinhas.

— Eu não dei, depois, várias sugestões para você trabalhar em outras coisas?

— Trabalhar para eu não gastar seu dinheiro.

— Não, não foi por isso; trabalhar para você não ficar ociosa. O meu dinheiro é seu também, você sabe disso.

— Sei...

— Foi para você não ficar ociosa. Você não está vendo o que a ociosidade faz? Até pensar em suicídio você...

— Eu não pensei em suicídio, Bóris. Eu só te disse que... Eu amo a vida.

— Ama?

— Eu amo a vida.

— Quem disse há pouco que a vida é um castigo?

— Eu. Disse e repito.

— Bom: se a vida é um castigo e você ama a vida, então eu sou obrigado a concluir que você ama o castigo.

— E você tinha alguma dúvida?

— Você ama o castigo?

— Claro. Eu adoro o castigo.

— Ah, Dóris... Chega, tá? Vamos falar de coisas sérias...

Ela riu.

Um garçom entrou no salão e, com acostumada rapidez, começou a trocar os forros das mesas para o almoço; tirava os forros brancos e punha os forros vermelhos.

— Fiquem à vontade — o garçom disse, ao passar por eles, os únicos no salão agora.

Ele agradeceu com um sorriso.

— Bóris — ela perguntou, — você algum dia já pensou sobre os nossos nomes?

— Os nossos nomes?...

— É.

— Não.

— Essa é uma outra coisa em que eu estava pensando ontem.

— Você pensou muito, hem?

— Pensei; eu pensei muito, mais do que você imagina...

— Pensar muito faz mal.

— Faz?

— Faz.

— O que acontece?

— Dá apoplexia.

— É?

— É.

— Bom — ela continuou, — eu pensei: Bóris e Dóris...

— Bóris e Dóris...

— Você sabe que eu sempre fui invocada com nomes, né?

— Sei.

— Se você, por exemplo, se chamasse Antenor...

— Antenor?

— Se você se chamasse não Bóris mas Antenor...

— O que é que tem?

— Será que eu teria me interessado por você?

— O que você acha?

— Não sei.

— Não sabe.

— Não.

Ele bateu as costas da mão no paletó, espanando os farelinhos de bolacha.

— Ou então Onofre... Astolfo... Gumercindo... Valtrudes... Valtrudes e Gertrudes: não ficaria bonitinho?

— Ficaria.

— "O Doutor Valtrudes está? Não, está a Dona Gertrudes."

Ele riu.

— Há pouco tempo — ela disse, — há pouco tempo... Eu não te contei isso: há pouco tempo eu olhei o meu nome e o seu no dicionário.

— É?

— Você já fez isso alguma vez?

— Não, nunca fiz.

— Será que é coisa de mulher?

— Parece. Mulher é mais curiosa e também tem mais tempo.

— Mais tempo, né?

— Muito mais.

— Sei...

— Homem...

— Bom, mas... Eu estava lá na casa de meu pai; aí, como eu não tinha nada que fazer, eu resolvi dar uma olhada no dicionário, um velho dicionário que ele tem lá, para ver se eu achava alguma coisa relativa aos nossos nomes.

— Achou?

— Achei, principalmente em relação ao seu.

— É?

— É. Quer ouvir?

— Quero.

— Habitante de uma região antiga, esqueci o nome agora; essa foi uma das coisas.

— Hum.

— Outra: ácido, ácido bórico. Esse ácido eu já sabia; é um que a minha mãe comprava na farmácia. Ela misturava com cebola ralada, fazia umas bolinhas e punha na cozinha para matar as baratas. Não ficava uma.

— É?

— Não ficava uma.

— Eficiência, hem? A Bóris Paternostro Organization podia até comprar a patente.

— Tinha também, o seu nome, alguma coisa a ver com uma fórmula atômica; mas como disso eu não entendo nada...

— Eu também não.

— E, ainda, com a aurora boreal; aurora boreal. É o que eu estou lembrando agora.

— Sei.

— E tem em inglês; mas inglês você já sabe. Bore: enfadonho, chato...

— Enfadonho eu posso ser, mas chato, ou chata, é só a minha bunda.

— Não, Bóris, eu...

— Além disso, você se esquece de dizer que bore também é verbo, tempo do verbo bear. E o que é o verbo bear? Bear: agüentar, suportar, ser forte diante das adversidades...

— Eu sei, Bóris, eu sei... Eu só estava dizendo que...

— Não seja injusta.

— Eu não estou sendo. Eu só estava dizendo que...

— Injustiça dói; e dói muito.

— Eu sei, eu sei disso...

— Injustiça...

— Agora, o meu nome — ela continuou, — o meu nome, coitadinho... Primeiro, que era só um verbete. Segundo, que... O que o verbete dizia. Dóris é... Você sabe o quê?

— Não.

— Uma espécie de molusco.

— Molusco?

— É, um molusco. Eu até decorei: "molusco, sem concha, que anda sobre as algas marinhas". Ou seja: mole, desprotegido e dependente...

— Hum.

— E aí, mesmo sabendo o que é um molusco, eu ainda olhei no dicionário, e lá estava: molusco, "terceira classe de animais". A terceira!... E ainda: animais "sem vértebras e sem articulações"...

— Pelo menos você nunca vai ter problema de coluna. Ou artrite.

— Você lembra o que você me disse na primeira vez que a gente se encontrou, naquela festa?

— Não. O que eu disse?

— Não, não foi naquela festa — ela se corrigiu; — não foi na primeira vez. Foi... Foi na segunda: foi naquele barzinho.

— Barzinho?

— Aquele barzinho da esquina, aquele a que você sempre me levava.

— Sei...

— Foi nele.

— Mas, e aí? O que foi que eu disse?

— Você disse: "Eu sou a metade que estava faltando na inicial de seu nome."

Ele riu.

— Olha só que petulância... A metade que estava faltando na inicial de meu nome...

— É uma boa frase.

— Boa? Não sei; sei que eu quase me derreti por causa dela, quase me...

Ele tornou a rir.

— Lembro que eu ainda pensei: Adão, Adão e Eva, a costela de Adão... Imagine...

Ele riu novamente.

— Petulância de um e bobice do outro...

— É assim que a gente constrói uma empresa — ele disse.

— É?

Sacudiu a cabeça.

— E é assim também que se conquista uma mulher?

— Quem sabe?

— Está parecendo.

— Da bobice das mulheres é feita a esperteza dos homens — ele disse.

— E da bobice dos homens?

— Homem não é bobo.

— E mulher é...

— Mulher é. Você mesma não confessou há pouco?

— Eu, não; eu não confessei isso.

— Confessou, sim

— Eu só disse que...

Ele olhou as horas.

— Bóris! Quer parar de olhar para o relógio? Você não vê que isso é falta de educação, que isso é grosseria?

— Eu sei, mas...

— Droga! Você não pode me escutar por meia hora?

— É que o motorista...

— Motorista... Manda esse motorista à merda! Manda essa reunião à merda! Manda essa empresa e todo mundo à merda!

Uma moça de avental e touca brancos mostrou o rosto lá no fundo, na porta da cozinha; olhou curiosa, sorriu discretamente e voltou para dentro.

— Eu vivo ouvindo suas patacoadas, eu vivo ouvindo; por que você não pode me ouvir por dez ou quinze minutos?

— Eu estou ouvindo, não estou?

— Será que se você me conceder algumas migalhas de seu precioso tempo, a empresa vai à falência?

— Cuidado com as palavras... — ele disse, olhando preocupado para os lados.

— Droga!

— Você está nervosa sem motivo, Dóris.

— Eu já estou cheia!

— Você está nervosa à toa.

— À toa...

— Olha aí — ele disse, apontando para o relógio: — com os seus vitupérios, você jà perdeu mais cinco minutos.

— Que me importa que eu perca ou ganhe mais cinco minutos, Bóris? Que me importa isso? Eu quero é viver!

— Você está vivendo.

— Não, não estou.

— Então o que você está fazendo?

— Eu estou morrendo.

— Morrendo nós todos estamos, cada dia um pouco.

— Ah, Bóris, não desvie; você sabe que não é isso.

— Não é isso o quê?

— Não é isso o que eu estou dizendo.

— Então o que você está dizendo?

— Eu estou dizendo que... Eu estou falando de viver, Bóris! Viver!

— O que é viver?

— Viver? Viver é, por exemplo, fazer coisas interessantes.

— Para mim o que há de mais interessante é trabalhar.

— Você nunca fez outra coisa.

— É, pensando bem, acho que eu não fiz mesmo, não...

— Você nunca fez outra coisa, Bóris.

— Pensando bem... Acho que a minha vida até hoje foi mesmo só trabalhar; trabalhar, trabalhar e trabalhar.

— Isso é uma doença, Bóris; isso é uma...

— Vou ver se, na próxima reencarnação, eu volto encarnado numa freira. Freira não faz nada, só reza e toma cafezinho na casa dos outros...

— Você...

— Bom, mas então — ele disse, dando um pequeno arroto, — antes que você morra inteiramente, acabe de me contar sua tarde. Ou então não haverá mesmo mais tempo para eu ouvir...

— Droga...

— Você estava lá... Vamos recapitular: você estava lá, na janela do quarto, pensando em espatifar sua cabeça.

— Eu devia espatifar é a sua...

— Tá; mas como, por enquanto, você não espatifou, nem a minha nem a sua...

Ela olhava para ele, os olhos exorbitados, os lábios trêmulos.

— Vamos... — ele disse, pegando no braço dela. — Não fique assim. Prometo que eu não olharei mais para o relógio; nem mais uma vez.

— Sei...

— A partir de agora, eu não sei mais o que é relógio...

— Acredito...

— Então?...

— Está bem — ela disse: — você quer mesmo ouvir, né?

— Quero; eu não disse?

— Então prepare-se.

— "Prepare-se?"...

— Isso: prepare-se.

— Quer dizer que lá vem bala...

— Não — ela sorriu, — não é bala... É muito mais interessante...

— Hum... — ele disse, levantando-se.

— Aonde você vai?

— Vou mijar. Ou será que não pode?

— Pode... Desde que não seja em mim...

Ele parou e voltou-se:

— Você está ficando espirituosa, hem?

— Estou?...

— Bom — ela começou, — como eu te disse, é uma coisa muito interessante.

Ele pegou um cigarro.

— Você talvez não ache... Você sabe: há certas coisas que...

— Chega de preâmbulos, Dóris; vamos ao que interessa.

— Ao que interessa e que, como eu disse, é muito interessante.

— Já são dez e dez — ele disse, olhando para o relógio, — daqui a pouco o motorista passa.

— Se ele passar, né?

— Se ele passar?

— Você não tem certeza que ele passa...

— Tenho; tenho, sim.

— Então você mudou.

— Mudei. Eu agora tenho certeza.

— Por quê?

— Por quê?...

Ele fumou, depois soprou a fumaça para o lado.

— Porque — disse, — se ele não passar, eu mando cortá-lo em mil pedacinhos.

— Valente, hem?

— Sou.

— Bem, mas... Eu te falei na mulher...

— Mulher? Que mulher?

— A da poltrona...

— A que estava lá e depois não estava e que era você daqui a dez anos...

— Dez, não: vinte.

— Vinte...

— Depois que houve aquilo com a mulher, que é uma coisa que eu acho que eu nunca vou entender...

— Talvez um psiquiatra.

— Depois daquilo, eu desci para almoçar, aqui. Eu almocei ali, naquela mesa do canto.

— Hum — ele disse, olhando para o relógio.

— Essa hora...

Ela olhou para ele:

— Sabe aquele rapaz da recepção, aquele bonito, de cabelos negros e anelados?

— Eu vou ficar olhando para rapazes?...

— Aquele que nos atendeu ontem, quando nós chegamos...

— Se fosse aquela loirinha...

— Loirinha?

— A loirinha que está lá agora.

— Na recepção?

— É.

— Eu não vi.

— Ela tem os peitos parecidos com os seus. Os de antigamente, claro. Agora, a bunda... A bunda, pensando bem, ou, melhor, observando bem, parece mais com a minha do que com a sua...

— Mulher, para você, é só isso, né, Bóris? Peitos e bunda.

— Não; só isso, não. Tem mais coisa...

— Peitos e bunda.

— Não, tem mais coisa; você está esquecendo...

— Tirando isso, você não vê mais nada numa mulher.

— Vejo; vejo, sim...

— Você é o maior machista que eu conheço.

— Ainda bem que você não é a maior feminista.

— Mas, então — ela retomou, — o rapaz se aproximou de mim, talvez condoído de minha solidão, e disse: "A senhora não gostaria de dar um passeio até o lago?"

— Lago? Tem lago aqui?

— Foi o que eu também perguntei. "Tem lago aqui?", eu perguntei. "Tem", o rapaz disse.

— Confesso que eu não sabia; que aqui tinha lago...

— Eu também não. Mas... O rapaz disse que é um lago pequeno; é por isso que ele não é conhecido.

— Hum...

— O lago fica lá, detrás daquela montanha — ela apontou; — aquela montanha maior lá...

— Ah... — ele disse.

— Ah o quê?

— Agora eu entendi...

— Entendeu o quê?

— Por que você estava olhando tanto para as montanhas...

— Eu não estava olhando.

— Não? Você simplesmente não tirava os olhos.

— Não...

— Parecia que você estava lá, lá em cima, e não aqui, nesta mesa, aqui comigo...

— Você está enganado.

— Sei...

— Eu podia estar olhando, mas não desse jeito.

— Você não tirava os olhos...

— Para onde que eu ia olhar, se as montanhas estão no meu rumo, se elas estão diante de meus olhos? Para onde que eu ia olhar?...

— É...

— E também... Eu estava olhando, se você quer mesmo saber, eu estava olhando porque eu gosto de montanhas. O que eu te disse quando você me falou na viagem?

— O que você me disse? Sinceramente que eu não lembro.

— Eu te disse isso, que eu gosto de montanhas.

— Foi?

— Foi; foi o que eu te disse.

— Hum...

— Bem... O rapaz explicou: "A gente vai de carro

até o sopé. Aí há uma trilha; a gente vai pela trilha, a pé, e chega ao lago."

— E aí? O que você respondeu?

— O que eu respondi? Eu respondi: "Que ótimo; deve ser um lugar lindo." "É", o rapaz disse, "o lugar lá é muito bonito: ele é cercado de árvores, e a água é fresquinha... A gente vai lá de vez em quando, para nadar. Principalmente agora, nesse tempo de calor."

Ela parou.

— E aí? — ele perguntou.

— Ah, Bóris, você está com muita pressa e...

— Não — ele disse, — você começou, agora acabe. Nunca deixe as coisas pela metade.

— Eu não deixo mesmo. Nem a inicial de meu nome eu deixei; deixei?...

— Pois então?...

— O rapaz... O rapaz aí disse: "A senhora não gostaria de ir até lá?" "Para nadar?", eu perguntei. "É", ele disse.

— Mas não tem a piscina aqui, do hotel?

— Tem.

— Então para que ir a esse lago?

— Tem, mas eu não trouxe maiô.

— Então pronto, está resolvido.

— Não, não está; acontece que... Eu disse isso para o rapaz: que eu não tinha trazido maiô. Mas aí ele sorriu, e, na maior simplicidade. disse: "A gente nada lá é sem roupa..."

— Sem roupa.

— É. Isso é o que ele me disse. Agora...

— É nudismo?

— Não.

— Naturismo, essas coisas?

— Não, não tem nada a ver com isso.

— Então é sem-vergonhice mesmo.

— Não, Bóris, não é sem-vergonhice. Você não pode dizer assim. É... Simplicidade.

— Simplicidade.

— Espontaneidade.

— Espontaneidade.

— "Lá", o rapaz disse, "lá não tem ninguém; lá é só a gente e Deus."

— A gente e Deus.

— É.

— E Deus também nada.

— Nada.

— Pelado também.

— Também.

— Então está bom — ele disse, apagando o cigarro no cinzeiro. — Mas, e aí, o que você respondeu?

— Eu respondi que nadar nua num lago era um dos maiores sonhos de minha vida, que eu pensava nisso desde a adolescência.

— Como que você nunca me contou isso?

— Há muita coisa que eu nunca te contei, Bóris.

— Há?

— Claro.

— Eu não sabia...

— Ah, não sabia...

— Não sabia...

— Vai me dizer que você também não tem muita coisa que você nunca me contou?

— Não.

— Ah, Bóris...

— Eu acho que eu sempre te contei tudo.

— É capaz... Isso não existe, Bóris. Ninguém conta tudo para ninguém. Nem um filho para a mãe.

— Se é assim, então é muito triste.

— É assim. Pode ser muito triste, mas é assim.

— Se é assim...

— Ninguém conta tudo para ninguém.

— Bom, mas... E aí?

— Aí, aí eu fiquei de dar uma resposta para ele, às onze horas, quando ele chegar para trabalhar. A gente iria hoje, à tarde, às cinco horas.

— O que é "a gente"?

— "A gente"? Não sei; não sei se vão também alguns amigos dele ou se é só ele e eu...

— Sei.

— Hum... — ela disse, deslizando a mão pelo pescoço e olhando na direção das montanhas. — Eu estou imaginando... Deve ser uma delícia lá...

Ele olhou de repente para a porta.

— O motorista — disse.

Levantou-se rápido e pegou a pasta na cadeira ao lado.

— Bóris...

— O quê?

— Você não se importa, né?

— Não me importo com o quê?

— De eu ir.

— Ir aonde?

— Ao lago.

— Faça o que você quiser — ele disse, e virou-se para o motorista: — Vamos?

Os dois saíram.

Ela permaneceu no salão, sozinha, olhando, através da vidraça, as montanhas lá fora.

Então olhou as horas: quinze para as onze. Soltou os cabelos. Pôs os óculos escuros. Levantou-se e saiu do salão.

Já quase no fim da noite, ele, ao entrar no quarto, se espantou:

— Acordada ainda?...

— Estou — ela disse, sem se erguer da poltrona.

Ele acabou de entrar. Tirou o paletó e pendurou-o no encosto da cadeira.

— Bóris — ela disse, — eu tenho uma coisa para te contar.

— O quê? — ele perguntou, sentando-se no sofá.

— Eu não fui ao lago.

— Não? Por quê?

— Porque não existe lago nenhum.

— Rapaz vagabundo, hem?...

— Não, não é o rapaz.

— Não?

— Sou eu.

— Você?...

— Eu é que inventei essa história.

— Hum...

— Não existe lago nenhum, Bóris. Nem o rapaz me disse aquelas coisas. Claro: como que ele ia dizer, se não existe nenhum lago?

Ele balançou a cabeça.

— Era isso. Eu não queria dormir sem antes te contar isso; eu não conseguiria. Desculpe-me. Eu nem sei por que eu inventei isso. Juro que eu não sei.

Ele tornou a balançar a cabeça.

— Ah — ela disse, — tem mais. Só para terminar: nadar nua num lago nunca foi um de meus sonhos. Eu já tive uns sonhos bem exóticos, mas esse nunca foi um deles.

— E o que você fez então, à tarde? — ele perguntou.

— O que eu fiz? Eu não fiz nada: eu fiquei aqui, neste quarto, amargando o meu arrependimento.

Ele desatou devagar o nó da gravata e puxou-a. Depois juntou as extremidades e atirou-a sobre o toucador. A gravata ficou uns segundos em cima; então escorregou e caiu no chão, como um traste inútil.

Ela se levantou rápido, apanhou a gravata, limpou-a em seu robe, alisou-a com a mão e pendurou-a com cuidado num cabide do armário.

— O conglomerado foi aprovado, Dóris — ele contou.

— Foi?...

— Por unanimidade.

— Ô, Bóris!... — e ela abraçou-se a ele no sofá. — Que bom... Eu fico tão contente...

— Eu também; eu também fico. Afinal, como eu já disse, e ainda hoje mesmo, de manhã, tornei a dizer, o conglomerado era o grande sonho de minha vida.

— Que bom...

— É. Eu também achei. Mas tem um detalhe...

— Qual?

— Eu não serei o diretor.

— Não? — ela exclamou, admirada. — Por quê?

— Bom — ele disse, — em resumo... Em resumo, eles acham que, dentro do clima de renovação da empresa, seria melhor entregar o comando do conglomerado a uma pessoa mais nova; mais inexperiente, por certo, sem o conhecimento e a prática de outros como eu, mas, talvez, mais afinada com os novos tempos, com as novas tendências e tecnologias... Então escolheram o Júnior, que você conhece. O Júnior é um moço de muito valor. Ele é muito dinâmico. Além disso, ele é formado em Administração, tem curso nos Estados Unidos, estágio na Alemanha...

— Isso é traição, Bóris.

— Traição?

— Isso é traição.

— Não, não é: isso é a vida.

— A vida...

— É, a vida. A vida e... Eu não fui muito bem em minha exposição, Dóris: eu esqueci uns dados, me atrapalhei, comecei a gaguejar... Eu não fui muito bem...

Ela olhou para o chão.

— E o nome? — ela perguntou.

— Nome?...

— O nome do conglomerado.

— Eles acham que vai ser mesmo necessário um nome, todos acham. Mas não será de imediato; e, é claro, não será o nome que eu estava pensando, que a tal pessoa me disse. Será Comércio Varejista qualquer coisa; algo assim...

— Lamento, Bóris...

Ele ergueu os ombros:

— As coisas são como são. O importante, ao fim e ao cabo, é que a empresa continue em marcha ascendente, rumo ao seu glorioso futuro. É isso...

Levantou-se:

— E, por hoje, basta. Vamos dormir. Já é quase meia-noite, e amanhã o motorista passa mais cedo.

OBRAS DO AUTOR

Tremor de terra (contos). Belo Horizonte, edição do autor, 1967. 9ª edição, São Paulo, Publifolha, 2004.

No bar (contos). Rio de Janeiro, Bloch, 1968. 2ª edição, São Paulo, Ática, 1984.

Tarde da noite (contos). São Paulo, Vertente, 1970. 5ª edição, São Paulo, Ática, 1999.

Os novos (romance). Rio de Janeiro, Gernasa, 1971. 2ª edição, Rio de Janeiro, Nova Fronteira, 1985.

O fim de tudo (contos). Belo Horizonte, Liberdade, 1973. 2ª edição, Rio de Janeiro, Record, 2006.

Contos escolhidos. Rio de Janeiro, Francisco Alves, 1978. 2ª edição, Porto Alegre, Mercado Aberto, 1985.

Lindas pernas (contos). São Paulo, Cultura, 1979.

O inferno é aqui mesmo (romance). São Paulo, Ática, 1979. 3ª edição, São Paulo, Círculo do Livro, 1988.

O choro no travesseiro (novela). São Paulo, Cultura, 1979. 9ª edição, São Paulo, Atual, 2000.

Entre amigos (romance). São Paulo, Ática, 1983. 2ª edição, Rio de Janeiro, Record, 2006.

Uma seleção de contos. São Paulo, Nacional, 1986. 2ª edição, reformulada, São Paulo, Nacional, 2002.

Contos. Belo Horizonte, Lê, 1986. 2ª edição, introdução de Carlos Felipe Moisés, São Paulo, Nankin, 2001.

Os melhores contos de Luiz Vilela. Introdução de Wilson Martins. São Paulo, Global, 1988. 3ª edição, São Paulo, Global, 2001.

O violino e outros contos. São Paulo, Ática, 1989. 6ª edição, São Paulo, Ática, 2000.

Graça (romance). São Paulo, Estação Liberdade, 1989.

Te amo sobre todas as coisas (novela). Rio de Janeiro, Rocco, 1994.

Contos da infância e da adolescência. São Paulo, Ática, 1996. 3ª edição, São Paulo, Ática, 2006.

Boa de garfo e outros contos. São Paulo, Saraiva, 2000. 3ª edição, São Paulo, Saraiva, 2005.

Sete histórias (contos). São Paulo, Global, 2000.

Histórias de família (contos). Introdução de Augusto Massi. São Paulo, Nova Alexandria, 2001.

Chuva e outros contos. São Paulo, Editora do Brasil, 2001.

Histórias de bichos. São Paulo, Editora do Brasil, 2002.

A cabeça (contos). São Paulo, Cosac & Naify, 2002. 1ª reimpressão, São Paulo, Cosac & Naify, 2002.

Bóris e Dóris (novela). Rio de Janeiro, Record, 2006.

O AUTOR

Luiz Vilela nasceu em Ituiutaba, Minas Gerais, em 31 de dezembro de 1942, sétimo e último filho de um engenheiro agrônomo e de uma normalista. Fez o curso primário e o ginasial no Ginásio São José, dos padres estigmatinos.

Criado numa família em que todos liam muito e numa casa onde "havia livros por toda parte", segundo ele conta em entrevista a Edla van Steen (*Viver & Escrever*), era natural que, embora tendo uma infância igual à de qualquer outro menino do interior, ele desde cedo mostrasse interesse pelos livros.

Esse interesse foi só crescendo com o tempo, e um dia, em 1956 — ano em que um meteoro riscou os céus da cidade, deixando um rastro de fumaça —, Luiz Vilela, com 13 anos de idade, começou a escrever. Logo em seguida passou a publicar: primeiro num jornal de estudantes e, depois, num jornal da cidade.

Aos 15 anos foi para Belo Horizonte, onde fez o curso clássico, no Colégio Marconi, e de onde passou a enviar, semanalmente, uma crônica para o jornal *Folha de Ituiutaba*. Entrou, depois, para a Faculdade de Filosofia, Ciências e Letras, da Universidade de Minas Gerais (U.M.G.), atual Universidade Federal de Minas Gerais (UFMG), formando-se em Filosofia. Publicou contos na "página dos novos" do Suplemento Dominical do *Estado de Minas* e ganhou, por duas vezes, um concurso de contos do *Correio de Minas*.

Aos 21, com outros jovens escritores mineiros, criou uma revista só de contos, *Estória*, e um jornal literário de vanguarda, *Texto*. Essas publicações, que, na falta de apoio financeiro, eram pagas pelos próprios autores, marcaram época, e sua repercussão não só ultrapassou os muros da província, como ainda chegou ao exterior. Nos Estados Unidos, a *Small Press Review* afirmou, na ocasião, que *Estó-*

ria era "a melhor publicação literária do continente sul-americano". Vilela criou também, com outros, a *Revista Literária*, da U.M.G.

Em 1967, aos 24 anos, depois de se ver recusado por vários editores, Luiz Vilela publicou, à própria custa, em edição graficamente modesta e de apenas mil exemplares, seu primeiro livro, de contos, *Tremor de terra*. Mandou-o então para um concurso literário em Brasília, e o livro ganhou o Prêmio Nacional de Ficção, disputado com 250 escritores, entre os quais diversos monstros sagrados da literatura brasileira, como Mário Palmério e Osman Lins. José Condé, que também concorria e estava presente ao anúncio do prêmio, feito no encerramento da Semana do Escritor, que se realizava todo ano na capital federal, levantou-se, acusou a comissão julgadora de fazer "molecagem" e se retirou da sala. Outro escritor, José Geraldo Vieira, também inconformado com o resultado e que estava tão certo de ganhar o prêmio que já levara o discurso de agradecimento, perguntou à comissão julgadora se aquele concurso era destinado a "aposentar autores de obra feita e premiar meninos saídos da creche". Comentando mais tarde o fato em seu livro *Situações da ficção brasileira*, Fausto Cunha, que fizera parte da comissão julgadora, disse: "Os mais novos empurram implacavelmente os mais velhos para a história ou para o lixo."

Tremor foi, logo a seguir, reeditado por uma editora do Rio, e Luiz Vilela se tornou conhecido em todo o Brasil, sendo saudado como a Revelação Literária do Ano. "A crítica mais consciente não lhe regateou elogios", lembraria depois Assis Brasil, em seu livro *A nova literatura*, e Fábio Lucas, em outro livro, *O caráter social da literatura brasileira*, falaria nos "aplausos incontáveis da crítica" obtidos pelo jovem autor. Aplausos a que se juntaram os de pessoas como o historiador Nelson Werneck Sodré, o biógrafo Raymundo Magalhães Júnior e o humorista Stanislaw Ponte

Preta. Coroando a espetacular estréia de Luiz Vilela, o *Jornal do Brasil*, numa reportagem de página dupla, intitulada "Literatura Brasileira no Século XX: Prosa", o escolheu como o mais representativo escritor de sua geração, incluindo-o na galeria dos grandes prosadores brasileiros, iniciada por Machado de Assis.

Em 1968 Vilela mudou-se para São Paulo, para trabalhar como redator e repórter no *Jornal da Tarde*. No mesmo ano, foi premiado no I Concurso Nacional de Contos, do Paraná. Os contos dos vencedores foram reunidos e publicados em livro, com o título de *Os 18 melhores contos do Brasil*. Comentando-o no *Jornal de Letras*, Assis Brasil disse que Luiz Vilela era "a melhor revelação de contista dos últimos anos". No ano seguinte, no II Concurso, ele seria novamente premiado, ocasião em que Antonio Candido, que fazia parte da comissão julgadora, observou sobre ele: "A sua força está no diálogo e, também, na absoluta pureza de sua linguagem."

Ainda em 1968, um conto seu, "Por toda a vida", de *Tremor de terra*, foi traduzido para o alemão e publicado na Alemanha Ocidental, numa antologia de modernos contistas brasileiros, *Moderne brasilianische erzähler*. No final do ano, convidado a participar de um programa internacional de escritores, o International Writing Program, em Iowa City, Iowa, Estados Unidos, Vilela viajou para esse país, lá ficando nove meses e concluindo o seu primeiro romance, *Os novos*. Baseado em sua geração, o livro se passa logo após a Revolução de 64 e teve, por isso, dificuldades para ser publicado, pois o país ainda vivia sob a ditadura militar, e os editores temiam represálias. Quando finalmente saiu, *Os novos* recebeu dos mais violentos ataques aos mais exaltados elogios. No Suplemento Literário do *Minas Gerais*, Luís Gonzaga Vieira o chamou de "fogos de artifício", e, no *Correio da Manhã*, Aguinaldo Silva acusou o autor de "pertinaz prisão de ventre mental". Pouco depois, no *Jornal de Le-*

tras, Heraldo Lisboa observava: "Um soco em muita coisa (conceitos e preconceitos), o livro se impõe quase em fúria. É por isso que o temem?" E Temístocles Linhares, em *O Estado de S. Paulo*, constatava: "Se não todos, quase todos os problemas das gerações, não só em relação à arte e à cultura, como também em relação à conduta e à vida, estão postos neste livro." Alguns anos depois, Fausto Cunha, no *Jornal do Brasil*, em um número especial do suplemento *Livro*, dedicado aos novos escritores brasileiros, comentou sobre *Os novos*: "É um romance que, mais dia menos dia, será descoberto e apreciado em toda a sua força. Sua geração ainda não produziu nenhuma obra como essa, na ficção."

Dos Estados Unidos, Vilela foi para a Europa, percorrendo vários países e fixando-se por algum tempo em Barcelona, Espanha. Voltando ao Brasil, passou a residir novamente em sua cidade natal, próximo da qual comprou depois um sítio, onde passaria a criar vacas leiteiras. "Gosto muito de vacas", disse ele, mais tarde, numa entrevista que deu ao *Folhatim*, da *Folha de S. Paulo*. "Não só de vacas, gosto também de cavalos, porcos, galinhas, tudo quanto é bicho, afinal, de borboleta a elefante, passando obviamente por passarinhos, gatos e cachorros. Cachorro então nem se fala, e quem conhece meus livros já deve ter notado isso."

Em 1974 Luiz Vilela ganhou o Prêmio Jabuti, da Câmara Brasileira do Livro, para o melhor livro de contos de 1973, com *O fim de tudo*, publicado por uma editora que ele, juntamente com um amigo, fundou em Belo Horizonte, a Editora Liberdade. Carlos Drummond de Andrade leu o livro e escreveu ao autor: "Achei 'A volta do campeão' uma obra-prima."

Em 1978, *Contos escolhidos*, a primeira de uma dúzia de antologias que viriam nos anos seguintes, por diferentes editoras. Na revista *IstoÉ*, Flávio Moreira da Costa comentou: "Luiz Vilela não é apenas um contista do Estado de Minas Gerais: é um dos melhores ficcionistas de história curta do país. Há muito tempo, muita gente sabe disso."

Em 1979 Vilela publicou seu segundo romance, *O inferno é aqui mesmo*, escrito com base na sua experiência no *Jornal da Tarde*. Nesse mesmo jornal, Leo Gilson Ribeiro disse que o livro não era um romance, e sim "uma vingança pessoal". Na entrevista que deu ao *Folhatim*, Vilela, relembrando a polêmica que o *Inferno* causou, foi categórico: "Meu livro não é uma vingança contra ninguém nem contra nada. É um romance, sim. Um romance que, como as minhas outras obras de ficção, criei partindo de uma realidade que eu conhecia, no caso, o *Jornal da Tarde*." Comentando o livro na revista *Veja*, Renato Pompeu sintetizou a questão nestas palavras: "O livro é importante tanto esteticamente como no nível de documento, e sua leitura é indispensável."

Na década de 1970, Ituiutaba, uma cidade de porte médio, situada numa das regiões mais ricas do país, sofreu, como outras cidades semelhantes, grandes transformações. O fato iria inspirar a Vilela o seu terceiro romance, *Entre amigos*, publicado em 1982 e tão elogiado pela crítica. "Uma literatura, realmente, de valor universal, na medida em que retrata uma realidade bem nossa, dos nossos dias e de sempre", disse Edilberto Coutinho, em *O Globo*.

Em 1989 saiu *Graça*, seu quarto romance e décimo livro. *Graça* foi escolhido como o "livro do mês" da revista *Playboy*, em sua edição de aniversário: "Uma narração gostosa e envolvente, pontuada por diálogos rápidos e costurada com um fino bom humor", disse, na apresentação dos capítulos publicados, a editora da revista, Eliana Sanches. Na *Folha da Tarde*, depois, Luthero Maynard comentou: "Vilela constrói seus personagens com uma tal consistência psicológica e existencial que a empatia com o leitor é quase imediata, cimentada pela elegância e extrema fluidez da linguagem, que o colocam entre os mais importantes escritores brasileiros contemporâneos."

No começo de 1990, a convite do governo cubano, Luiz Vilela passou um mês em Cuba, como jurado de literatura brasileira do Premio Casa de las Américas. Em junho, ele foi escolhido como o melhor da Cultura em Minas Gerais no ano de 1989 pelo jornal *Estado de Minas*, na sua promoção anual "Os Melhores".

No final de 1991 ele esteve no México, como convidado do VI Encuentro Internacional de Narrativa, que reuniu escritores de várias partes do mundo para discutir a situação da literatura atual.

Em 1994, no dia 21 de abril, foi agraciado pelo governo mineiro com a Medalha da Inconfidência. Logo depois, esteve na Alemanha, a convite da Haus der Kulturen der Welt, fazendo leituras públicas de seus escritos em várias cidades. No fim do ano publicou a novela *Te amo sobre todas as coisas*, a respeito da qual André Seffrin, no *Jornal do Brasil*, escreveu: "Em *Te amo sobre todas as coisas* encontramos o Luiz Vilela de sempre, no domínio preciso do diálogo, onde é impossível descobrir uma fresta de deslize ou notação menos adequada."

Em 1996 foi publicada na Alemanha, pela Babel Verlag, de Berlim, uma antologia de seus contos, *Frosch im Hals*: "um autor que pertence à literatura mundial", disse, no prefácio, a tradutora, Ute Hermanns. E no final do ano Vilela voltou ao México, como convidado do XI Encuentro Internacional de Narrativa.

Em 2000 um conto seu, "Fazendo a barba", foi incluído na antologia *Os cem melhores contos brasileiros do século*, e um curta-metragem, *Françoise*, baseado no seu conto homônimo, dirigido por Rafael Conde e com Débora Falabella no papel principal, ganhou o prêmio de melhor atriz na categoria curtas do Festival de Cinema de Gramado. Ainda no mesmo ano, foi publicado o livro *O diálogo da compaixão na obra de Luiz Vilela*, de Wania de Sousa Majadas, primeiro estudo completo de sua obra.

Em 2001 a TV Globo levou ao ar, na série *Brava Gente*, uma adaptação de seu conto "Tarde da noite", sob a direção de Roberto Farias, com Maitê Proença, Daniel Dantas e Lília Cabral.

Em 2002, depois de mais de vinte anos sem publicar um livro de contos, Luiz Vilela lançou *A cabeça*, livro que teve extraordinária recepção de crítica e de público e foi incluído por vários jornais na lista dos melhores lançamentos do ano. "Os diálogos mais parecidos com a vida que a literatura brasileira já produziu", disse Sérgio Rodrigues, no *Jornal do Brasil*.

Em 2003 *Tremor de terra* integrou a lista das leituras obrigatórias do vestibular da UFMG. *A cabeça* foi um dos dez finalistas do primeiro Prêmio Portugal Telecom de Literatura Brasileira e finalista também do Prêmio Jabuti. Vários contos de Vilela foram adaptados pela Rede Minas para o programa *Contos de Minas*. Também a TV Cultura de São Paulo adaptou três contos seus, "A cabeça", "Eu estava ali deitado" e "Felicidade" para o programa *Contos da Meia-Noite*, com, respectivamente, os atores Giulia Gam, Matheus Nachtergaele e Paulo César Pereio. E um outro conto, "Rua da amargura", foi adaptado, com o mesmo título, para o cinema, por Rafael Conde, vindo a ganhar o prêmio de melhor curta do Festival de Cinema de Brasília. O governo mineiro concedeu a Luiz Vilela a Medalha Santos Dumont, Ouro.

Em 2004, numa enquete nacional realizada pelo caderno *Pensar*, do jornal *Correio Braziliense*, entre críticos literários, professores universitários e jornalistas da área cultural, para saber quais "os 15 melhores livros brasileiros dos últimos 15 anos", *A cabeça* foi um dos escolhidos. No fim do ano a revista *Bravo!*, em sua "Edição 100", fazendo um ranking dos 100 melhores livros de literatura, nacionais e estrangeiros, publicados no Brasil nos últimos oito anos, levando em consideração "a relevância das obras, sua repercussão entre a crítica e o público e sua importância para o desenvolvimento da cultura no país", incluiu *A cabeça* em 32.º lugar.

Em 2005 o Concurso de Contos Luiz Vilela, promoção anual da Fundação Cultural de Ituiutaba, chegou à 15ª edição, consolidando a sua posição de um dos mais duradouros concursos literários brasileiros e um dos mais concorridos, com participantes de todas as regiões do Brasil e até do exterior.

Recentemente, em um número especial, "100 Livros Essenciais" — "o ranking da literatura brasileira em todos os gêneros e em todos os tempos" —, a revista *Bravo!* incluiu entre os livros *Tremor de terra*, observando que o autor, "de lá para cá, tornou-se referência na prosa contemporânea": "Enquanto alguns autores levam tempo para aprimorar a escrita, Vilela conseguiu esse feito quando tinha apenas 24 anos."

Luiz Vilela já foi traduzido para diversas línguas. Seus contos figuram em inúmeras antologias, nacionais e estrangeiras, além de uma infinidade de livros didáticos, e sua obra, no todo ou em parte, tem sido objeto de constantes estudos, aqui e no exterior. Pai de um filho, ele continua a residir em sua cidade natal e se dedica inteiramente à literatura.

Em agosto de 2002, numa entrevista ao jornal literário *Rascunho*, de Curitiba, Luiz Vilela declarou: "Meu maior sonho atualmente como escritor é ver reunida, sob o teto de uma mesma editora, toda a minha obra." Em 2006, com a publicação de seu novo e 13º livro, a novela *Bóris e Dóris*, pela Editora Record, esse sonho começa a se realizar. Nova casa editorial de Vilela, a Record planeja colocar no mercado até o final de 2008 toda a sua obra.

Em 2006, também, Luiz Vilela completa 50 anos, ininterruptos, de atividade literária.

Este livro foi composto na tipologia Caecilia, em corpo 10.5/16,
e impresso em papel off-white 90g/m²
no Sistema Cameron da Divisão Gráfica da Distribuidora Record